JUGEMENT PREMIER

© 2017 Éditions de l'Érablière
C.P. 8886, succ. Centre-ville
Québec, Canada, H3C3P8
Dépôt légal 4e trimestre 2018
Bibliothèque et Archives nationales du Québec
Droits de traduction et de reproduction réservés pour tous les pays
Toute reproduction même partielle de cet ouvrage est interdite
ISBN 9782981491077

PEPITHO NGUDIE

JUGEMENT PREMIER

Préface de Didier Mumengi

Éditions de l'Érablière

DÉDICACE

Je dédie principalement cet ouvrage à : mes parents René-Gabriel NGUDIE KULONDI MALU WA TSHILUMBA et Anastasie Monique MWANZA WA MBWEBWE.

Aucun mot d'aucun dictionnaire du genre universel ne pourrait traduire ce que j'aurais aimé leur dire en ce moment.

À tous mes frères et sœurs, nos enfants et petits-enfants de la TSHILUMBA DINASTY.

Je le dédie spécialement à Marie-Virginie ALEKO BANDA, mon épouse, cette corbeille d'Amour qui est venue comme une lampe dans les ténèbres, pour éclairer ma vie, porter mon nom, ensuite au merveilleux Don de Dieu que sont nos enfants, tous NGUDIE : les jumeaux RÉGIS MBUYI et BEN KANKU, puis Laurent KONGOLO, Gaëtan MBAYI, Marie-Aurore ALEKO BANDA et Randy Maximilien-Marie MOMBAYA.

À mes beaux-parents Maximilien-Marie « Mathurin » ALEKO MOMBAYA et Marie-Sabine BANDA MOKOSI, grâce à qui le bonheur a pris place dans ma vie.

Dédicace spéciale à feu Alphonse-Marie MUKENDI Mwan'a NGUDIE MUTAMBAYI « Américain », grand-frère, ami et mentor qui me prit jadis sous son aile au Centre culturel français de Kisangani et à l'office zaïrois de radiodiffusion et de télévision.

Je serais ingrat, si je ne disais pas ma gratitude à l'égard Nicole DIMBAMBU, Directeur-Général de la Radiotélévision nationale congolaise, des auteurs, lecteurs et téléspectateurs du magazine littéraire INTERLIGNES que je présente chaque mardi à 20 h 40 sur la RTNC, ainsi qu'à Magloire MPEMBI et toute l'équipe des Éditions de l'Érablière, pour la confiance.

Au-delà de tout, je rends grâce à celui qui fit que tout ce qui précède fut possible : YAHWEH L'ÉTERNEL DES ARMÉES, LE MAÎTRE DES TEMPS ET DES CIRCONSTANCES.

6

AVANT LES COUPS DE THÉÂTRE

J'aurais bien voulu me taire, convaincu et même satisfait d'avoir déjà transmis et partagé mes émotions de l'époque à travers ces écrits, et me contenter d'en jouir, de m'en réjouir, et même plus.

Émotions de l'époque, voilà justement ce qui m'impose une mise au point. Nous sommes à Kisangani. L'an 1989 me reste encore présent à l'esprit. Cette année secoue encore mes souvenirs jusqu'à ce jour. Mon père, haut cadre et représentant de l'ONATRA (Office national de transport, aujourd'hui Société commerciale des transports et des ports), une des plus grandes entreprises du pays dans la région du Haut-Zaïre, part à la retraite. Mon jeune frère décède par la faute d'un médecin. Moi-même je suis terrassé par la maladie. Sur mon lit de malade à la « Maison médicale », seul dans la nuit, mon esprit s'offre un tour d'horizon. Moult questions sans réponse.

Que de questions, puis rien. Et puis, d'autres encore : « Qu'est-ce qui pousse l'homme au mal ? »
« Pourquoi le mal et la souffrance existent-ils ? »
Des questions, et d'autres encore…
S'en suit un enchaînement de « Qui ? Quoi ? Quand ? Comment ? Pourquoi ? », sur tout. Et j'interroge Dieu sur les mêmes sujets qui torturent mon pauvre esprit et mon corps malade.

N'allez surtout pas chercher dans ma démarche réflexive une utopique peur de la mort, face à la maladie, car n'en a peur que celui qui ne sait pas qu'elle fait partie de la vie, qu'elle est la vie au-delà de vie.

Pour parler de la pièce elle-même, je prie les spécialistes du théâtre d'excuser mon manque de conformisme face aux règles de la dramaturgie universelle.

Je suis, en effet, de ceux qui pensent que l'art, comme les émotions qu'il est « chargé » d'exprimer, n'aurait jamais dû être assujetti à des règles comme c'est le cas aujourd'hui. Ces règles sont en réalité issues des expériences, et même des « folies » de ceux qui avaient été en leur temps, pour certains, traités de « rebelles et subversifs », ceux que nous appelons aujourd'hui « précurseurs », avec un peu de pudeur ou en reconnaissance à « leur apport substantiel » dans leurs disciplines respectives.

J'étais étudiant en premier graduat de journalisme à l'ISTI (institut supérieur des sciences et techniques de l'information), aujourd'hui IFASIC (institut facultaire des sciences de l'information de et de la communication), année académique 1984-1985, quand le Professeur Latere À Mabuli me fit découvrir les « gens de la renaissance et ceux du dadaïsme », pendant son cours de littérature. J'y découvris que je faisais partie, plusieurs siècles derrière moi, d'une nation à laquelle j'appartenais avant de l'avoir connu, sans l'avoir vécue.

En effet, artiste, j'ai horreur de faire les choses « comme il est dit qu'on devait les faire ».
Mes différentes formations en interprétation dramatique et dans la direction d'acteurs au centre culturel français de Kisangani où j'avais travaillé comme Directeur artistique, puis Directeur de l'atelier théâtral, de 1985 à 1989, m'avaient constamment mis en contact avec des acteurs, metteurs en scène et formateurs congolais et étrangers qui m'ont réconforté dans mes choix artistiques. Alexandre MWAMBAYI KALENGAYI et TSHISUNGU WA KALOMBA m'ont entraîné dans le domaine du langage du corps et de la création collective, Alain MOLLOT (Professeur à l'école internationale Jacques LECOQ de Paris) m'a appris les techniques du « Conte mimé », pour ne citer que ceux-là.

« JUGEMENT PREMIER » est donc la somme de toutes ces expériences et des rencontres avec ces maîtres qui ont chacun de manière particulière influencé ma pratique et ma vision du théâtre.

Il y a des jours où je me demande si j'ai écrit une pièce de théâtre destinée à être « interprétée sur une scène », où si... par un coup de folie ou de je ne sais quoi d'autre, j'avais juste eu envie, à un moment donné de ma vie de pécheur, livrer mes sentiments et partager mes « interrogations et inquiétudes intimes » sans obliger quiconque à y apporter des réponses.

À vous de juger !

PRÉFACE

Ce bref récit, en guise d'entame de ma préface, je l'ai vu de mes yeux et entendu de mes oreilles. Sur une route de Kinshasa criblée de nid-de-poule, une jeep noire dernier cri s'arrête faute de ne plus pouvoir slalomer, à force d'éviter les trous, comme sur un champ de mines… C'était devant un trou que quelques jeunes essayaient de remblayer. Mais l'automobiliste avait minimisé la profondeur de cette cavité-là qui, en fait, était un cratère. Les pneus noyés dans l'eau, le véhicule neuf s'était envasé. Sentant la fin du secours advenir, un de ces jeunes gens, pieds nus, en haillons, le visage couvert de sueur, s'avance vers le véhicule pimpant neuf et aux vitres teintées. Il tend la main pour arracher l'aumône des riches passants, en contrepartie du travail de bouchage de trous qu'ils bricolent à l'envi le long des artères de Kinshasa. Son geste de quêteur est accompagné des paroles sensibilisatrices, les vitres demeurant closes : « Mokonzi, salisa bana nayo… Yoka biso mawa… Tozo vivre na lifelo ». (Grand Chef, aidez vos enfants… Ayez pitié de nous… Nous vivons en enfer).

Aussitôt, la vitre de derrière se baisse, et le mystérieux fortuné répond au jeune homme, en lui tendant un billet de 20 dollars : « Jeune homme, ozo yiba té… Ozo boma moto té… Oyo ozali kosala ezali mosala…Motoki oyo ozali kotangisa ezosukola esika okovanda na Paradis. Kasi ngaï, oyo nasalaka mpo na bozwi oyo, suka na ngaï se lifelo sima ya liwa na ngaï. » (Jeune homme, lui dit-il, tu n'as volé personne… Tu n'as tué personne… Ce que tu fais est un digne travail… Cette lueur qui couvre ton corps nettoie ton siège au Paradis. Moi, par contre, ce que je fais pour accéder à cette fortune me garantit l'enfer après ma mort). Qui l'eût cru ! La fortune, les villas, les immeubles, les véhicules et le pouvoir du « Grand chef » sont sa prison, en attendant l'enfer.

Et que le va-nu-pieds, indigent de son état, tâcheron suant sang et eau du lever au coucher du soleil pour l'aumône d'une corvée erratique, déboursée au lance-pierre, méjuge l'étendue de sa liberté et ignore que du fait de son intégrité, il est à l'antichambre du paradis.

Le titre de cette pièce de théâtre : « Jugement Premier », est certainement une antiphrase. Tout porte à croire, après lecture, que l'auteur, Pepitho NGUDIE, pense au « Jugement dernier » !
Le jour du jugement dernier, qu'on appelle aussi le « Jour de la rétribution » d'après le christianisme, l'islam et le judaïsme, est le jour où Dieu se manifestera aux humains pour révéler jusque dans ses ultimes conséquences ce que chacun aura fait de bien ou omis de faire durant sa vie terrestre. Les uns iront à l'Enfer, les autres au Paradis.

Cette pièce de théâtre prévient théâtralement : « Tout le mal que font les méchants est enregistré… Au jour du jugement dernier, ceux qui auront fait le bien ressusciteront pour la vie, ceux qui auront fait le mal pour la damnation » (Jn 5, 28-29).
Par litote, Pepitho NGUDIE « appelle à la conversion pendant que Dieu donne encore aux hommes le temps favorable, le temps du salut » (2 Co 6, 2)… Car, « (...) le jugement dernier révélera que la justice de Dieu triomphe de toutes les injustices commises par ses créatures et que son amour est plus fort que la mort ». (cf. Actes 8, 6).

Comment l'auteur s'y prend-il ?
Il met en scène un gardien de prison pour symboliser l'autorité qui tient sous son pouvoir, quatre captifs qui incarnent tout le mystère du chiffre 4 :

Quatre comme la Terre, ou ce qui est terrestre, la totalité du créé et du révélé, selon la Bible (la terre, l'air, le feu et l'eau) ;

Quatre pour symboliser le cosmos, le monde, puisqu'il y a quatre points cardinaux ou la direction de l'espace (Nord, Sud, Est et Ouest) ;

Quatre comme les « quatre transcendantaux » : le Vrai, le Bien, l'Un, et le Bon :

Quatre comme les quatre états de la matière : solide, liquide, gazeux et igné ;

Quatre comme les quatre cavités du cœur humain (deux cavités droites, formées par l'oreillette et le ventricule droit et deux cavités gauches, formées par l'oreillette et le ventricule gauche) ;

Quatre comme les quatre groupes sanguins (O, A, B et AB) ;

Quatre pour symboliser les quatre corps fondamentaux de la chimie organique : le carbone, l'hydrogène, l'oxygène et l'azote ;

Quatre comme les quatre fleuves qui arrosent le Jardin d'Eden (Fiscon ou Phiscon; Guihon, Hiddekel et Euphrate) ;

Quatre comme les quatre êtres vivants de l'Apocalypse, quatre créatures angéliques [des chérubins] mystérieuses, mais véritables, créés par Dieu pour l'adorer ;

Quatre comme les quatre évangélistes du Nouveau Testament : Matthieu, Marc, Luc et Jean. Etc.

À s'y méprendre, les quatre prisonniers de Pepitho NGUDIE forment le peuple de la nation du « Jugement premier ».

Or, dit-on, « ce que peuple veut, Dieu le veut » ou encore « Vox populi, vox Dei » (la voix du peuple est la voix de Dieu).

Mais est-ce normal que les quatre prisonniers de Pepitho, qui constituent le peuple de Dieu résidant ici-bas au pays du « Jugement premier », passent par des moments aussi douloureux et injustes ?

Mais en même temps, en chantant et dansant en prison, les captifs du « Jugement premier » disent et se disent : « jamais nous n'avons été aussi libres ! ». En fait, cette évocation ne prend sens qu'au prix d'une définition plus large de la liberté.

À partir d'ici, « Jugement Premier » devient un « traité de la liberté ».

Et la question implicite : « Entre ceux qui dehors ne semblent être libres que de subir, d'obéir et de se taire, et eux qui, en prison, se persuadent faire intelligemment la part de l'interdit et du permis. En chantant et en dansant, qui sont vraiment libres » ?

Troublante, la plume théâtrale de Pepitho NGUDIE s'éclaire peu à peu... La pièce de théâtre enseigne que la liberté est une assise plus profonde dans la nature humaine.

En effet, Pepitho NGUDIE est troublant... En prison, les captifs sont heureux en chantant et en dansant. En sus, dans l'ivresse de leur bonheur, ils invitent le Gardien à danser et à chanter avec eux ! D'où le trouble : « Peut-on être heureux sans être libres ? ».

Après lecture de cet ouvrage de Pepitho NGUDIE, une leçon s'en dégage : là où le malheur fait flores, personne n'est heureux. Ni le chef ni la plèbe. Ni les prisonniers ni le gardien.

Aux encablures de l'épilogue, une voix féminine du peuple du Jugement premier s'écrie : « À cause de vous et de votre soif d'honneur, de gloire et de pouvoir... ». Une voix d'homme enchaîne : « ... tous éphémères et ridicules ! Et tout ce temps perdu pour rien ! »

Dès cet instant, « Jugement premier » bascule en un « traité du bonheur ». Son bonheur est à l'aune de cette question : « Comment prendre soin de soi et des autres, parce qu'on a de l'amour de ses compatriotes et qu'on aime sa société, sa patrie, et qu'on a conscience de posséder, par soi-même, l'intelligence de faire advenir un mieux-être pour l'ensemble de la société ? ».

Tout compte fait, Pepitho NGUDIE lance un furtif plaidoyer pour l'avènement d'un contrat social au pays du « Jugement premier ».

Cette tragi-comédie en prose donne à penser en 2017 ce que Lacordaire a dit en 1848, à savoir : « Entre le fort et le faible, entre le riche et le pauvre, entre le maître et le serviteur, c'est la liberté qui opprime et la loi qui affranchit ».

Dès lors, lorsqu'on tourne la dernière page de cet ouvrage, on est gagné par la conviction que le bonheur, la sagesse, l'intelligence, la vertu et la liberté ne font qu'un. Merci Pepitho.

De fait, cette évocation, objectif silencieux de cette œuvre, nous invite à repenser le concept de la liberté et ses rapports avec la loi et le droit.

Enfin, merci à Pepitho NGUDIE de nous inviter à un moment de théâtre qui nous rappelle l'état de nature de notre société, qui doit impérativement devenir un état civil où, dans nos conduites au quotidien, l'esprit de justice et de solidarité doit remplacer le réflexe du sauve-qui-peut et la loi de la jungle, qui déshonorent l'humanité que nous représentons.

Au tout dernier tableau du « Jugement premier », le gardien s'exclame : « Le grand jour est arrivé… Dès demain, vous quitterez tous ce milieu ! » Réaction étonnante des prisonniers : « Allez donc dire à vos supérieurs que nous sommes des combattants de la liberté, et que la place des combattants de la liberté, c'est en prison ».

Finalement, les quatre prisonniers du « Jugement premier » se croient condamnés à être libres. Ils nous disent, en effet et en métaphore, que la seule chose dont nous ne sommes pas libres de nous défaire, c'est de renoncer à notre liberté.

Merci Pepitho !
Didier MUMENGI
Kinshasa, le 05 mars 2017

Quatre prisonniers, deux hommes et deux femmes, dans une cellule de prison. Ils dansent et chantent de tous leurs corps. Entre un gardien)

LE GARDIEN

Silence !

LES PRISONNIERS

Absolu ! (Ils se remettent à danser)

LE GARDIEN

Mais qu'est-ce qui vous prend, prisonniers ? Vous chantez, vous dansez, comme si on venait de vous annoncer la prochaine amnistie. Avez-vous la moindre idée de ce que seront vos petites vies dans les jours qui viennent ?

UNE FEMME

Nous sommes heureux. Très heureux même, parce qu'épargnés de ce que vous les hommes dits « libres » appelez « l'angoisse, l'incertitude du lendemain… ». Nous ne sommes convaincus que d'une chose : nous sommes prisonniers, privés de liberté, surtout celle de penser à notre avenir.
Faites donc comme nous, ne vous souciez pas du lendemain, parce qu'il n'existe pas… Au mieux… joignez-nous à nous ! Dansez au milieu de nous… Et vivez heureux !!!

UN HOMME

Heureux le peuple qui chante et qui danse, même s'il meurt de faim et se trouve rongé par toutes sortes de bactéries et virus toutes catégories et toutes provenances. (Rire général)

LE GARDIEN

Voilà, ils sont privés de liberté et prétendent être heureux. Vous devez être malades. Vous ne croyez pas si bien dire en parlant de bactéries, de virus et d'autres choses.

UN HOMME

Doucement, Monsieur, personne n'a parlé d'autres choses. Ne nous énervez pas. Faites un effort pour ne pas nous mettre en colère. Si non…

LE GARDIEN

Si non ? Mais vous êtes vraiment malades !

LA DEUXIÈME FEMME (ironique, avec des gestes amplifiés)

Oui, Docteur, j'ai très mal là (indique la nuque). Non, c'est plutôt ailleurs… je ne sais pas si vous êtes suffisamment intelligent pour me suivre…. Voilà ! Ça commence ici (le ventre).
Et puis ça monte, ça monte, jusque là (poitrine). Et lorsque ça ne monte pas plus haut, ça descend jusque-là (postérieurs) oui, exactement là.

LE DEUXIÈME HOMME

Et moi, Docteur, il suffit que je la trouve dans cet état pour que ma gorge laisse s'échapper une mélodie qui la fait se trémousser comme une vraie ballerine. Et c'est tous les jours comme ça depuis que nous sommes descendus ici dans votre splendide et merveilleux hôtel « pluriétoile ». Ça se passe à peu près comme ceci. Démonstration, Madame !

(La femme reprend les gestes en poussant des « aïe ! », tandis que l'homme fredonne un air bien connu. La femme se met à danser. Soudain, UNE FEMME se met à hurler de douleur.)

UNE FEMME

Docteur ! Docteur ! J'ai mal partout ! Beaucoup ! Fort ! Atroce ! C'est douloureux ! Insidieux ! Virulent ! Pénétrant ! Aie ! Aie ! Yo !!!!!

UN HOMME

Oui, docteur, elle a mal ici (le ventre)

UNE FEMME

Non, là-bas (le dos.) Toi tu ne sais rien aux problèmes des femmes. Nous n'avons pas que des problèmes au ventre ou au bas-ventre, voyons !

LE DEUXIÈME HOMME

Faites quelque chose, docteur. Elle a mal partout. Pas ici, mais là-bas. Portez secours à une femme qui souffre des douleurs innommables, non identifiées et difficilement localisables. Pitié, docteur !

UNE FEMME

Tiens, notre toubib ne bronche même pas. Oh ! Hippocrate, quel héritage ! Quel triste héritage pour l'humanité ! Et dire qu'ils sont…

UN HOMME

Tous hypocrites, fils d'Hippocrate !

19

LE GARDIEN

Mesdames et Messieurs, j'ai l'insigne honneur et le plaisir de vous rappeler que je suis un gardien de prison, et non pas un médecin. N'oubliez surtout pas de vous rappeler que vous n'êtes ni à l'hôpital ni en liberté. Conformez-vous au règlement et tout ira pour le mieux, dans l'intérêt bien compris de chaque partie.

UN HOMME

Ah ! Mais… c'est vrai ! Nous sommes en prison. Privés de liberté et d'humanité. Nous sommes des sous-hommes !
Nous sommes des « moins-hommes » et des « moins-femmes », pour respecter LE GENRE, une des notions que vous avez eu l'ingéniosité d'inventer entre vous les hommes et femmes plus ou moins libres !

TOUS

Des « moins-hommes et femmes » ! Nous sommes des « moins hommes et femmes » ! C'est bien curieux, non ? Curieux et… excitant en même temps ! Pas vrai ? (Rire général)

LE GARDIEN

Vous ne pouvez pas jouer à autre chose ? Vous commencez à faire de la philosophie ! Mais je vous préviens que c'est un jeu très dangereux. La philosophie vire très facilement à la politique. Et çà, vous savez, c'est tout de suite la prison. Et puisque vous y êtes déjà…

UNE FEMME

Oh ! Dieu d'Israël. Nous ne sommes même pas libres de nous moquer de notre propre sort.

Notre triste sort de prisonniers sans liberté ni humanité.

UN HOMME

D'accord. Il a raison. C'est très très dangereux.

LA DEUXIÈME FEMME

Supposons qu'il a raison. Parce que ce jeu-là, la politique comme il dit...

LE DEUXIÈME HOMME

D'accord, d'accord ! Qui a une idée ? Une idée de jeu, bien sûr. Mais gare aux jeux d'esprit. Première proposition...

TOUS (indiquant le gardien)

Lui !

LE GARDIEN (tergiversant)

Voyons ! Messieurs... Mes amis...

UN HOMME

Mes amis... mes amis... Dis quelque chose, puisque tu décides unilatéralement de devenir notre ami. Trouve ! Trouve, bon Dieu, ou je me mets très « prisonnièrement » en colère contre celui qui a ordonné que je me prenne désormais pour son ami sans se demander ce que ce brusque revirement pourrait avoir comme répercutions sur mon état d'âme !

LE GARDIEN

Bon, bon, ça va ! Je vous propose de jouer à l'église. Dans votre situation, j'en suis personnellement et très intimement convaincu, recourir à la religion est un exutoire à ne pas négliger. Organisez donc un culte chrétien. Vous ne manquerez pas de fidèle. Vous en êtes vous-même. Surtout, n'oubliez pas la chorale. C'est indispensable. Chanter c'est prier deux fois, et même plus. Mesdames et messieurs les fidèles visibles, invisibles, réels et virtuels, vous prenez part en ce moment, en vos qualités de personnes hautement privilégiées, au culte inaugural de l'Assemblée chrétienne de Hommes enchaînés vivants étonnamment en situation de Servitude, en sigle « Achevés ». Je décompte : quatre, trois, deux, un, zéro, c'est parti !
(Les prisonniers se réjouissent, entonnent un chant, chantent et dansent)

UNE FEMME

Et le prêtre, alors ! A-t-on déjà vu un culte religieux sans prêtre ? Un prêtre ou un bon pasteur... c'est vert chou, chou vert.

UN HOMME

Ah ! Çà, c'est de la perspicacité propre à l'espèce humaine dans son registre féminin. Un pasteur ! Il nous faut un pasteur. Un pasteur digne ou pas digne de l'être. Un pasteur quand même.
Car par le temps qui court, et dans la situation qui est la nôtre, il est très difficile d'en trouver un qui soit vraiment digne d'assumer cette fonction céleste. Mais, qu'à cela ne tienne, il nous en faut un. Alors, par défaut et par élimination...

TOUS (indiquant le gardien)
Lui !

LE GARDIEN

Qui ? Moi ? Mais… bon sang de Bon Dieu ! Qu'est-ce que je viens faire là, moi ?

LA DEUXIÈME FEMME

Oui, toi. Dans ta situation d'homme libre, tu dois avoir déjà assisté à une messe, non ? Et puis, voilà. Nous avons tellement papoté que c'est déjà l'heure de l'évangile. Alors, dis-nous quelque chose qui ressemble à ça. Peu importe le nom du saint écrivain.

LE DEUXIÈME HOMME

Encore moins les termes utilisés par ce dernier. Allons-y pour la parole sainte débarrassée de toute la substance de sa sainteté parce que venant de toi. (Bref silence) Et puis… ce n'est qu'un jeu, et c'était ta proposition. Allez, un peu de courage, Monsieur l'Abbé-pasteur ! (Rire général)

LE GARDIEN

Bon, allons-y ! Amen !

TOUS

Alléluia ! Gloire ! Gloire ! Gloire ! Gloire ! Victoire au Grand Roi, Créateur du Ciel et de la Terre, du monde visible et invisible !

LE GARDIEN

Chers frères et sœurs dans le Christ, prenons l'attitude de prière. Les yeux fermés, concentrons-nous sur notre Seigneur. Pensons à Dieu notre Père qui est dans les cieux. Contemplons son œuvre, dans l'espoir qu'il enverra sur vous la lumière de son Esprit saint.

UN HOMME

Espoir ! Espoir ! Jusqu'à quand ? Nous courons après le temps, nous autres. On ne parle pas d'espoir ici, mon bonhomme. On veut du concret !

LE GARDIEN

Frère, ne troublons pas l'ordre. Nous sommes dans la maison de Dieu. Ici le mot d'ordre s'appelle « ordre, quiétude, discipline et obéissance ». Il faut respecter les règles du jeu de Dieu pour mériter de recevoir ses grâces et bénédictions.

LA DEUXIÈME FEMME

Oui, mais allons droit au but. Il sera bientôt l'heure de la communion. Mes frères et sœurs, préparons-nous à recevoir le corps de notre Seigneur.

LE DEUXIÈME HOMME

L'eucharistie !

UN HOMME

Tu as de ces mots, frère : EUCHARISTIE ! Tu penses sûrement à ces miettes qu'on nous sert en lieu et place d'une nourriture saine, complète et équilibrée tel que recommandé par l'Organisation mondiale de la Santé ? N'est-ce pas ?

UNE FEMME

Mais, quoi donc ? Nous devons rester dans le contexte, non ? Et puis… qui nous sert ces miettes ?

TOUS (pointant du doigt le gardien)

Le prêtre !

LE GARDIEN

Messieurs et Dames…

LA DEUXIÈME FEMME

Chers frères et sœurs. À l'église on dit : « chers frères et sœurs ».
TOUS

À l'église comme à l'église, Padre !

LE GARDIEN

Non, ce rôle-là ne me plait pas. Il ne me convient d'ailleurs pas du tout. Je n'arrive pas à me dédoubler.

Même dans ma peau de prêtre, je me sens toujours et pleinement gardien de prison.

UN HOMME

En voilà un qui passe aux aveux. Il veut sûrement en sortir la tête haute.

LE DEUXIÈME HOMME

Comme au tribunal !

LA DEUXIÈME FEMME

Monsieur, prenons les choses du bon côté. Une faute avouée est à moitié pardonnée. (Murmures) La moitié seulement, j'ai dit.

TOUS

Et l'autre moitié ?

UN HOMME

Oui, l'autre moitié, qu'est-ce que vous en faites ? Répondez ! Greffier, notez ma question et attendez sa réponse.

LE DEUXIÈME HOMME

À vos ordres Monsieur le Président de la basse-cour. Répondez, Monsieur, j'attends votre réponse. C'est un ordre de mes supérieurs. (Menaçant) Je note, Monsieur !

LE GARDIEN
Je n'en sais rien, cher Monsieur. Moi je ne fais qu'exécuter les ordres de mes supérieurs. Comme vous, quoi !

UN HOMME

Bon, d'accord. Greffier, la question : Monsieur, je sais que cela ne vous convient pas vraiment, mais dites-nous un peu ce que vous diriez à vos chefs, en notre faveur, cela s'entend, si vous étiez Jésus le christ, Mahomet... ou un prêtre. La réponse, greffier !

LE GARDIEN

Pardonnez-leur, Seigneur, car ils ne savent pas ce qu'ils font

UNE FEMME

Qu'il te pardonne, toi d'abord. Car tout prêtre que tu es, tu ignores tout de ta mission.

LA DEUXIÈME FEMME

Ah ! Les prêtres ! Parlons-en un peu. Qu'est-ce qui les pousse à ce métier ?

TOUS

Ce qui les pousse à ce... métier, si mes souvenirs d'avant la prison sont encore frais, bons et vivants, et j'insiste là-dessus, c'est la vocation. La foi aussi, dans une certaine mesure... pour certains d'entre eux.

LA DEUXIÈME FEMME

La vocation, la foi, ou les deux à la fois. Ont-ils dit la vérité ?

TOUS

Oui !

UN HOMME

Greffier, notez la question et la réponse.

UNE FEMME

Revenons à leur mission. C'est là que nous en étions.

LA DEUXIÈME FEMME

Greffier, la question : quelle est la mission des prêtres ? À quoi
sont-ils appelés ? Qui répond à la question ? Vous ? Lui ?
UN HOMME, désignant le gardien

Lui, c'est mieux. Il a déjà été prêtre au moins une fois dans sa
petite vie de gardien de merde humaine.

LE GARDIEN

Mais, je croyais vous l'avoir déjà dit.

LE DEUXIÈME HOMME

Greffier, il babille. Il se débine ! Alors, notez ma réponse : les
prêtres ont pour mission de conduire les troupeaux.
Ce sont des pasteurs, si vous voulez. Des pasteurs ! Appelez-
les comme vous voulez.

LE GARDIEN

Ce sont des bergers. (Pause) Des bergers qui raffolent de la
viande de mouton. (Rire général)

UNE FEMME

Silence, Mesdames et Messieurs de la cour basse ! Votre tribunal est injuste ! Pourquoi ne reconnaissez-vous pas aux accusés le droit de se faire assister ? Et pourtant tous les codes, depuis le civil jusqu'au pénal, et j'ignore ce qu'en dit le code de justice militaire…, vous comprenez pourquoi, tous ces codes ci-haut énumérés, disais-je, pensent que tout homme…
(Ils se regardent) Ah, je comprends. Vous aviez juste perdu de vue ce détail très important de l'administration de la justice universelle.
Mais ce n'est pas de votre faute. L'exemple vous est venu d'en haut. Ceci étant, moi, en ma qualité d'avocate près la partie la plus basse de la cour, je décide de prendre aujourd'hui et maintenant la défense de la race humaine, représentée pour la circonstance par les absents à cette séance extraordinaire.

LE GARDIEN

Faites, Madame ! Greffier, notez très religieusement la plaidoirie, et reprenez très fidèlement chaque mot, chaque détail, chaque respiration, chaque pause, chaque soupir. Parole à la défense !

LA DEUXIÈME FEMME

Messieurs, il y a un coupable, et c'est lui qu'il faut rechercher et trouver. (Murmures) Oui, chers Messieurs, car les infractions que vous invoquez ne peuvent pas exister d'elles-mêmes. Moi je connais le coupable.

TOUS

Il n'y a pas de coupable !

UNE FEMME, sûre d'elle.

Messieurs et Dames veuillez reculer. (Elle se dirige vers la porte) Entrez, chère Madame. Ne vous affolez pas. Ne vous gênez pas. Ils ne vous feront aucun mal. Mais non ! Mais si ! Entrez !
(Pendant tout ce temps, on lit la curiosité sur le visage des autres. Ils avancent vers la porte) Mais voyons, Messieurs, je vous ai respectueusement demandé de reculer. Faites place et soyez galants avec elle. Soyez polis et souriez. Surtout, soyez détendus.
Ne lui faites pas voir que vous l'attendez, ensuite montrez-vous agréablement surpris de la voir.
Pour commencer, souriez ! Souriez ! Je compte jusqu'à trois et vous figez votre sourire pour qu'elle vous trouve ainsi. Un, deux, trois ! (Ils s'exécutent. Silence)
Et voilà Messieurs et Dames ! Tout à l'heure vous aviez refusé d'admettre qu'il y avait un coupable. Maintenant que je m'apprête à organiser une confrontation, eh bien, le comité d'accueil se met en place. Alors, dites-moi, qui attendiez-vous ?

LE GARDIEN

Greffier, la question : qui attendions-nous ? (Silence) Euh... le coupable sûrement. Greffier, nous attendions le coupable.

LA DEUXIÈME FEMME

Le coupable est dans chacun de nous. Le coupable c'est chacun de nous...

UN HOMME

Chacun de nous est coupable.

LE DEUXIÈME HOMME

Non, Messieurs et Dames !

LA DEUXIÈME FEMME
Si, Monsieur ! Car le coupable, ce n'est pas cette femme qui trompe son mari avec le propre ami ou le propre frère de ce dernier.

Ce n'est pas cette jeune fille qui embrasse la débauche à l'âge de sept ans.

UNE FEMME

Ce n'est pas cet ivrogne qui m'a traitée de pétasse parce qu'il avait trop bu, ni celui qui lui avait offert cet agréable poison, encore moins le fabriquant de cet élixir qui met tout le monde d'accord.

UN HOMME

Ce n'est pas ce jeune homme aveugle qui couche avec sa propre mère.

LA DEUXIÈME FEMME

Encore moins sa mère voyante qui ne lui oppose aucune résistance. (Pause) Il faut le trouver, notre cher coupable. Car comme vous êtes tous censés le savoir, et vous le savez bien, le coupable, ce n'est pas moi.

UN HOMME

Mais… personne ne t'accuse ! Personne ne t'a encore accusé… du moins jusqu'à ce stade !

LA DEUXIÈME FEMME

Je ne l'ai pas dit… Je ne l'ai même pas insinué seulement.

UNE FEMME

Observation ! L'hypothèse du coupable qui se trouverait en nous risque de se vérifier.

LE DEUXIÈME HOMME

Car, voyez-vous, je n'arrive pas à m'expliquer comment ni pourquoi, chaque fois que nous sommes près de nous saisir du coupable, il y a toujours quelque chose se met au travers de notre chemin pour nous en empêcher. Il y a toujours quelqu'un qui…

LA DEUXIÈME FEMME

Et chose grave, personne d'entre nous ne fournit le moindre effort pour le mettre hors d'état de nuire.

UN HOMME

Eh ! Eh ! Doucement ! On ne peut pas suivre deux lièvres à la fois. Qui cherchons-nous finalement ? Après qui courons-nous en réalité ? Est-ce le coupable ou l'énergumène qui nous empêche de le débusquer ?

UNE FEMME

L'un comme l'autre. Car si nous trouvons celui qui nous empêche d'avancer dans notre enquête, nous n'aurons plus qu'à aller cueillir le coupable dans sa tanière et…

UN HOMME

Mais bon Dieu, ce n'est pas lui le coupable !

LA DEUXIÈME FEMME

Si nous mettons la main sur le coupable d'abord, c'est le scénario idéal, nous gagnerons du temps et nous n'aurons plus rien à cirer de lui.

LE GARDIEN

Mais vous ne comprenez rien à rien ! Sans celui-là, nous n'arriverons jamais à notre coupable. Il sera toujours là et nous n'avancerons jamais !

LE DEUXIÈME HOMME

Nous nous embourbons. Faisons une pause. Voici ce que nous allons faire : choisissons chacun un coin de la cellule et méditons sur la procédure à suivre. Les yeux fermés, s'il vous plait, pour éviter la distraction. Trente minutes. Top chrono ! Je décompte : trois, deux, un, zéro ! C'est parti ! (Ils s'exécutent. Puis…)

LE GARDIEN

Charmante idée ! Mais qui sait si elle ne nous apportera pas une autre équation à résoudre plutôt qu'une solution à la première ? Parce que moi j'y avais déjà réfléchi, voyez-vous, et je n'ai trouvé aucune solution. C'est qu'il n'existe pas, celui que nous cherchons.

UNE FEMME

Qui ? Le coupable ?

LA DEUXIÈME FEMME

Ou cet autre-là ?

UN HOMME

Ça, c'est la meilleure. Nous ne l'avons plutôt pas identifié, que nous voilà déjà lancés à sa recherche. Cet autre-là !

LE DEUXIÈME HOMME

Ah ! J'ai trouvé !

LE GARDIEN

Qui, l'autre ou le coupable lui-même ?

LE DEUXIÈME HOMME

Ni l'un ni l'autre. J'ai trouvé à quoi nous pourrions jouer pour meubler le temps… après la messe, quoi ! Ça s'appelle très humblement « la recherche de l'inconnu » (il démontre). S'il vous plait, Monsieur, n'auriez-vous pas vu par hasard celui que je cherche ? Ah ! Excusez-moi Madame, je cherche plutôt celui qui m'empêche de trouver celui que je cherche. Aucune idée ?

Je sais que ce ne sont pas vos oignons, mais… Ah ! Bonjour cher Monsieur ! Permettez-moi de vous déranger, mais je ne connais pas celui que je cherche. Pourriez-vous m'aider à l'identifier ?

LE GARDIEN
Allez-y, les enfants ! Cherchez encore. Cherchez partout, il n'est plus très loin. Je sens sa présence de plus en plus proche d'ici. Plus proche que jamais. Fouillez, bêchez…

UNE FEMME (les mains entre les jambes)

Monsieur, voudriez-vous m'indiquer, si cela ne vous choque pas, où je pourrais faire pipi ? (Rire général)

LA DEUXIÈME FEMME

Bravo Madame ! Vous avez beaucoup d'imagination. Vous êtes une vraie artiste ! Mais vous feriez mieux de mettre votre débordante imagination créatrice au service de l'enquête en cours. A présent, nous sommes au stade où nous cherchons le coupable…

UN HOMME

Ce n'est pas ce père de famille qui déserte son toit en abandonnant femme et enfants. Pas non plus le loup qui dévore la chèvre qui refuse de brouter là où elle est si bien attachée.

LE DEUXIÈME HOMME

La chèvre de Monsieur Seguin ! Je la connais, celle-là.

UN HOMME

Malgré toutes les précautions, tous les soins de son maître pour la protéger, lui assurer un avenir meilleur, lui garantir une longue vie, elle s'était entêtée, voulant à tout prix atteindre le sommet de la montagne. Et là…

LE GARDIEN

La pauvre, elle était tombée dans le piège du loup.

UNE FEMME

Chez nous on dit « dans la gueule du loup ». Elle y était passée comme beaucoup d'autres avant elle !

LE GARDIEN

Ah ! Blanquette, pauvre Blanquette. Il fallait le voir, ce cher Monsieur Seguin. Il était triste, mais triste comme personne ne l'avait jamais été avant lui. Car, voyez-vous, Monsieur Seguin… C'était quoi son prénom, déjà ? J'aimerais bien l'appeler par son prénom…

LE DEUXIÈME HOMME

Ne nous distrayez pas. Concentrons-nous sur ce… responsable. Remarquez que je vous fais évoluer dans le domaine du vocabulaire. Je ne dis pas coupable, mais res-pon-sa-ble !
Du verbe latin « respondere », c'est-à-dire « répondre »

LE GARDIEN

Il ne répondra de rien.

UNE FEMME

Il y a aussi des complices !

LA DEUXIÈME FEMME

Ayez vos apaisements, nous les démasquerons.

LE GARDIEN

Vous ne me soupçonnez pas, j'espère. Je n'ai fait que remarquer, c'est tout !

UNE FEMME

Soyez prudents, Messieurs, ne dites pas n'importe quoi. Surtout par le temps qui court, et dans la situation qui est la vôtre. (Silence) Pour revenir à notre responsable, mon petit doigt me dit que c'est Adam.

UN HOMME

Voyons, Madame ! C'est Ève qui est responsable !

LE GARDIEN, rêveur.

Adam et Ève mangèrent du fruit de l'arbre défendu, ils découvrirent les vérités cachées dans l'arbre de la vérité, et furent chassés du jardin d'Eden alias Paradis. Ainsi... ainsi...

LE DEUXIÈME HOMME

Allez-y, Monsieur, un peu plus d'effort. Il se pourrait que par un sursaut d'intelligence vous parveniez à vous rappeler la suite de votre hypothèse. Ainsi, disiez-vous ?

LE GARDIEN

Ainsi nous ne sommes que des héritiers. Adam et Ève…

UNE FEMME

Oui, nous savons qu'ils mangèrent patati, et firent patata. Et après ?

LA DEUXIÈME FEMME

Et de quoi aurions-nous donc hérité ?

LE GARDIEN

Épargnez-moi la peine d'en parler. Et puis, je me sens très fatigué. Je vous laisse à votre philosophie. À cette heure, mes supérieurs doivent avoir des ordres à m'intimer.

LE DEUXIÈME HOMME

Qu'est-ce qu'il parle bien ! « Des ordres à m'intimer » ! Ils ne font que çà, tu veux dire ?

LE GARDIEN

Puis-je partir ?

UNE FEMME

À votre aise ! Allez-y, mon bel homme. Allez donc vous faire engueuler, mon prince charmant. Oh ! Attendez !
Vous n'alliez tout de même pas partir sans m'offrir un baiser. Venez, embrassez-moi. Vous me plaisez beaucoup, depuis que

je fréquente votre lieu de travail. (Elle s'approche de lui, feint de l'embrasser, puis arrête son mouvement) Oh ! Regardez-les ! Ils sont tous jaloux (elle rit aux éclats) Partez, cher gardien de prison. Vous n'imaginiez tout de même pas que j'étais sérieuse, que j'allais me souiller la gueule en me frottant à votre museau. (Il s'en va sous les rires moqueurs des prisonniers) Faites silence, vous autres ! (Pause) Voici le jugement : Adam et Ève…

UN HOMME

Dieu l'avait déjà fait. Ils furent jugés et condamnés.

TOUS

Le prêtre l'avait dit !

LA DEUXIÈME FEMME

Plus de prêtre ! Plus de pasteurs ! Le dernier que nous ayons connu ne savait même plus que faire de sa soutane. Ils sont tous les mêmes !

LE DEUXIÈME HOMME

Que croyiez-vous donc, qu'ils n'avaient pas reçu leur part d'héritage ? C'est à la naissance, voyons ! Et, que je sache, ils ne naissent pas prêtres. Ils sont donc naturellement bien passés par le moule, voyons.

UN HOMME

Adam et Ève, comme le dit le poète, ne sont pas encore morts. Ils sont dans le vent qui souffle, dans l'eau que nous buvons, dans le feu qui brûle, dans les arbres que nous plantons, dans chaque bébé qui naît et…

LA DEUXIÈME FEMME

Et dans chaque prêtre qui prêche ou un pasteur qui paît.

UNE FEMME

Assez ! Assez de prêtres ! Ne nous ont-ils pas dit qu'il ne fallait pas pécher ? Ne passent-ils pas tout leur temps à nous enseigner à ne pas transgresser les lois divines ?

UN HOMME

Ils nous interdisent ce qu'ils font, mais ils ne font pas ce qu'ils nous recommandent.

UNE FEMME

Pas toujours !

UN HOMME

Oui, mais… souvent !

LE DEUXIÈME HOMME
Et pas tous ! Pas tous les prêtres, voyons ! Ne soyons pas méchants ! Ne soyons pas durs avec eux…

UN HOMME

Non, mais… quelques-uns, et pas des moindres !

UNE FEMME

Alors, ne dites plus « les prêtres ». Dites plutôt « certains prêtres ». Si vous êtes foncièrement incapables de respecter les lois, même celles de notre prétendu créateur, respectez au moins la grammaire…

LE DEUXIÈME HOMME

Ça y est : j'ai trouvé !

TOUS (accourant vers lui)

Ah bon ? Quoi donc ? Il était temps ! Ce n'est pas trop tôt !

LE DEUXIÈME HOMME

Doucement, Messieurs et Dames. Il y a un préalable. Aidez-moi à trouver la suite. Dites-moi, comment se déplacent les oiseaux ?

TOUS

Ils volent !

LE DEUXIÈME HOMME

Et les voleurs, que font-ils ?

UN HOMME

Ils volent, eux aussi. Mais où veux-tu en venir ?

LE DEUXIÈME HOMME

Bon, maintenant supposons que nous soyons appelés à porter secours à un voleur. Que ferions-nous, sachant qu'il faut éviter d'être accusé pour non-assistance à personne en danger ?

LA DEUXIÈME FEMME

Tu parles trop et le temps est trop court. Dis-nous comment s'appelle ta trouvaille. Banane ou carotte ?

LE DEUXIÈME HOMME

Eh bien, j'ai trouvé que le peu que nous pourrions faire pour ce faire, proportionnellement à la situation qui est la nôtre, c'est de lui donner les ailes.

TOUS

Des ailes ? Pas pour voler, je suppose…

LE DEUXIÈME HOMME

Si, justement. Ainsi il ne risquerait pas de se faire attraper par ses poursuivants…

UNE FEMME

Ses poursuivants, comme vous les appelez, sont d'abord ses victimes !
LE DEUXIÈME HOMME

Appelez-les comme vous voudrez, mais au moins nous l'aurons aidé et… C'est l'essentiel ! Aider. Compatir. Signes évidents d'une grande charité, preuve d'amour, s'il en faut. L'amour, commandement suprême de Notre Père qui est dans les Cieux. Qui dit mieux ?

UNE FEMME

Mais il continuera de voler. Et que je sache, voler c'est un péché. Souvenez-vous du « Tu ne voleras point » : Septième commandement !

LA DEUXIÈME FEMME

Et c'est là alors, chers frères et sœurs, que le prêtre devrait entrer en danse.

UN HOMME

Encore un prêtre ! Mais d'où vous vient cette fixation sur les prêtres ? Un prêtre pour quoi faire, dites-moi ?

LE DEUXIÈME HOMME

Pour lui couper les ailes et accomplir par ce geste sa mission de délivrance et de récupération des âmes perdues et des esprits confisqués.

UNE FEMME

C'est vraiment malin, çà. Mais pas très intelligent. Il manque de la créativité dans ton invention.
Dites-moi à quoi bon lui donner des ailes quand on sait que le prêtre les lui arrachera. Nous ne manquons pas à faire, non ?

LA DEUXIÈME FEMME

Le prêtre, lui, trouvera à faire. Il lui prêchera la bonne nouvelle. Il lui rappellera surtout le 7e commandement : « Tu ne voleras plus ».

UN HOMME

La Sainte et sempiternelle Bible dit : « Tu ne voleras point »

LE DEUXIÈME HOMME

Ah non, là le contexte est différent. Notre voleur, celui à qui nous donnerions des ailes, est censé avoir déjà volé au moins une fois de sa chienne de vie de voleur. Il serait donc hypocrite, le prêtre, s'il le lui disait comme c'est écrit in extenso dans la Bible. À lui donc il dira : « Tu ne voleras plus » et plus « point » (entre le gardien, tenant un panier rempli de pains)

LE GARDIEN

Mesdames et Messieurs, c'est l'heure de l'eucharistie. Mettons-nous à genoux, fermez les yeux, et prions le Seigneur. Seigneur, je te rends grâce pour ce repas que tu nous offres. Il y a en dehors de ce lieu exceptionnel des milliers d'hommes et de femmes en liberté qui meurent de faim. Ceux-ci sont privés de liberté, Père éternel, mais tu leur donnes à boire et à manger. Ce n'est jamais ni suffisant ni consistant, ils n'ont plus jamais mangé à leur faim depuis qu'ils ont mis les pieds dans ce sanctuaire, observant ainsi un jeûne quasi perpétuel pour leur purification sous la conduite de ton très Saint-Esprit. Moi je vois en cela un signe de ton amour, grand et infini.
Pour ma part, j'espère que tu déverseras sur mes amis cette sève de partage, afin qu'ils pensent à moi aussi.
Je leur fais tous les jours l'amitié de partager toutes leurs journées depuis leurs arrivées respectives, pourquoi ne partagerais-je pas également leur repas ?
Il n'y en a pas assez pour tout le monde, mais moi je sais, Père bien aimé, que je m'adresse à toi le seul et unique détenteur du pouvoir de multiplication, depuis la nuit des temps, et pour les siècles des siècles. (Pendant ce temps, les prisonniers mangent et vident le panier).

TOUS

Alléluia !

UN HOMME

Révérend Père gardien, nous avons l'immense plaisir de vous annoncer que la multiplication des pains n'était pas à l'ordre du jour de la séance de ce soir.

LE DEUXIÈME HOMME

Du moins, pas avant le retour de Jésus-Christ, le plus grand commun multiplicateur. (Rire général) Jouons plutôt.

UN HOMME

À quoi ?

UNE FEMME

Un homme qui s'en va acheter de la caillasse dans une carrière.

LA DEUXIÈME FEMME

Je vois d'ici le scénario : s'il descend d'une grosse cylindrée et parle d'une voix rauque, étranglée par son cigare et ses multiples gorgées de Whisky ou d'autres breuvages du genre... (Elle imite)

LE DEUXIÈME HOMME

Nous multiplions le prix par quinze. Il achètera sans rechigner, car dans tous les cas ce prix n'entamera en rien son portemonnaie. Mais si c'est un maigre personnage dont la peau flirte avec les os, la voix meurtrie par toutes sortes d'avitaminoses (l'un d'eux imite), nous lui disons le prix réel. Et dans le pire des cas, nous baisserons le prix pour lui permettre d'acheter quand même, le pauvre…

UNE FEMME

Nous n'arrêtons pas de parler des autres. Et c'est rare si nous disons du bien d'eux.

UN HOMME

Eh bien quoi ? Imaginez, Monsieur l'objecteur des consciences, que nous nous mettons à parler de nous. Tu nous entendrais dire du mal ? Au meilleur des cas, nous nous emploierons à édulcorer nos méfaits et maquiller nos fautes… Donc, que chacun fasse son travail : nous, nous parlons d'eux et eux parlent de nous.
Ce n'est pas juste, çà ? Hein ? Et pour une fois que nous pouvons utiliser ce mot « Justice » en parlant de nous…

LE DEUXIÈME HOMME

C'était pourtant clair comme eau de roche. Mon Dieu, je me demande ce que serait la femme sans l'homme. Et plus j'y pense, plus je me dis que dans tout çà…

LA DEUXIÈME FEMME

Elle ne serait rien, si tu veux savoir. Elle n'existerait même pas. Qui ignore que la femme est issue de la côte de l'homme, alors que ce dernier a été créé directement par Dieu le créateur ?

UNE FEMME

Nous savons aussi que c'est la femme qui avait poussé l'homme à la commission du péché originel, et que cet acte, base de toutes les souffrances du monde, a plongé l'humanité entière dans la misère la plus atroce, telle que vécue hier, aujourd'hui et éternellement.
Même le sacrifice, la mort et la résurrection de Jésus n'y ont pas pu rien faire. La souffrance est toujours là, présente, au quotidien. (Pause)

UN HOMME

Il n'avait qu'à refuser, ce primitif. Il n'était pas obligé, à mon avis. Au contraire, il savoura, il dévora le fruit défendu à belles dents et avec une rare délectation. La suite est bien connue même des athées les plus radicaux.

UNE FEMME

Ève! Ève! Ève nous ramène à la case du départ. Alors, voici le jugement. Y a-t-il quelqu'un pour noter ?
Greffier ! Un : la femme s'est laissé séduire par le serpent.
Deux : l'homme ne s'est pas opposé à l'idée de la femme, alors qu'il en avait les moyens.
Maintenant, retournons chacun à l'intérieur de lui même et ôtons les masques. Car aujourd'hui, le mal c'est nous. Les mauvais, c'est nous. Pas Adam, pas Ève. L'homme n'est plus un loup pour l'autre. Greffier, notez la sentence : l'homme est un loup pour lui-même, et uniquement pour lui même.

LE DEUXIÈME HOMME

Frères et sœurs, jouons pour oublier nos peines et transcender notre sort. Nous devons sublimer notre situation de « moins-hommes et moins-femmes sans liberté, sans personnalité et sans humanité ».

LES DEUX HOMMES (à genoux, les bras levés au milieu de la scène)

Seigneur, ne nous soumets pas à la tentation, mais délivre-nous du mal. C'est à toi qu'appartiennent le règne, la puissance et la gloire, pour les siècles des siècles.

LES DEUX FEMMES (riant aux éclats)

Amen ! (Elles s'approchent des hommes, mais ces derniers évitent leur contact en poussant des cris. L'instant se fait grave et les mouvements sont lents.)

UN HOMME

Non ! Non ! Je vous en prie ! Ne me regardez pas avec ces grands yeux, ces regards inquisiteurs et accusateurs ! Et rassurez-vous, je ne le dis pas pour le plaisir de la rime !
Non ! (Puis, d'un ton grave) Oui, mon fils, ces puissantes mains qui t'étranglent sans faillir, ce sont les miennes. Si je t'ai sacrifié, c'est pour que vivent tes frères. Ne l'aurais-tu pas fait, toi-même ? Moi je ne l'ai pas fait de mon propre gré, mon petit... c'est le marabout... Alors, mets-toi à ma place ! Je ne pouvais pas refuser, sinon c'est moi qui y passais. Imagine ce que ç'aurait été pour vous tous. Des deux maux, j'ai choisi le moindre : toi tu partais et moi je restais m'occuper des autres.

UNE FEMME

Arrête ! Arrête-toi, Mandona ! Ne m'approche plus jamais ! Je ne veux plus de ton boa. Et ton léopard, garde-le pour toi. Le boa a avalé tous mes frères, ainsi que deux de mes amants, et pas des moindres. Il m'a pris les meilleurs. Et ton méchant léopard, donne-le à ta petite fille, la très très charmante Moseka. Elle a encore le sexe chaud et demandeur.

LE DEUXIÈME HOMME

Lui n'était qu'un imbécile, une crapule, un idiot, un bon à rien !
Il ne devait pas garder ce poste. Il ne le méritait pas. Ce poste me revenait à moi, et uniquement à moi. J'ai tout fait pour le lui reprendre, et je n'ai négligé aucun moyen : je lui ai pris sa femme, j'ai couché avec sa fille jusqu'à la mettre enceinte, mais au bureau il ne demeurait pas moins mon chef. Je ne pouvais supporter pareille humiliation plus longtemps. Alors j'ai pris mon couteau à pain, je lui ai tranché la gorge. Je l'ai disséqué, et j'en ai fait quelque chose qui à l'époque ressemblait à un cabri bien assaisonné à la sénégalaise. (Silence) Et résultat des courses : je n'ai jamais été nommé à ce poste. Vous conviendrez avec moi, après vous avoir brossé ce tableau que vous serez libre de qualifier, sur l'effectivité de mon innocence ! Je suis innocent ! Je dis bien in-no-cent !!!

LA DEUXIÈME FEMME

In-no-cen-te !!! Je suis innocente sur toute la ligne ! Tous mes enfants ne sont pas les siens, mais je n'y vois aucun mal, parce que lui il est convaincu du contraire et il les a toujours aimés en tant que fruit de notre amour. Où serait donc mon péché ? Aimer quelqu'un et lui offrir ce qu'on a de plus précieux ? Jugez-en, et avouez que c'est tout ce qu'il y a de plus que juste !!! Je dirais même plus : il n'y a pas plus correct, bon et juste !!!
UN HOMME

Et la lumière fut !

UNE FEMME

Mais regardez ! Je vois devant moi des milliers de corps étendus devant nous, déchiquetés, puant l'innommable. Je vois des esprits meurtris et réduits à leur plus simple expression, désormais incapables, de la moindre réflexion. Admirez, si vous en êtes encore capable, cette rivière de sang qui coule sans fin. À cause de vous et de votre soif d'honneur, de gloire et de pouvoir…

LE DEUXIÈME HOMME

Tous éphémères et ridicules ! (Silence) Et tout ce temps perdu pour rien. (Entre le gardien)

LE GARDIEN

Chers amis, le grand jour est arrivé pour vous. La Pentecôte ! Mes supérieurs, figurez-vous, et j'avoue être le premier à ne rien y comprendre, mes supérieurs viennent de m'intimer l'ordre de vous annoncer que dès demain vous quitterez tous ce milieu qui devenait de plus en plus naturel à vos yeux. Vous commenciez, m'ont-ils dit, à trop vous y habituer et même à vous y plaire. Et à leurs yeux vous deveniez plutôt dangereux. En ce qui me concerne, je commençais à me demander, non sans raison, qui de vous et de moi était vraiment en prison. Ne serait-ce que pour ça, mes chers paroissiens me manqueront beaucoup.
Mais que voulez-vous, il le fallait bien un jour. (Silence. Les prisonniers ne bronchent pas.) Mais, vous ne dites rien ? La nouvelle ne vous enchante-t-elle pas ?
Vous commenciez vraiment à vous plaire ici, pour de vrai ? Dites quelque chose, enfin ! Je pourrais toujours en parler à

mes supérieurs. Je pourrais bien leur supplier de vous ajouter une semaine de plus, et même plus, jusqu'à ce vous en décidiez vous-même… avec la ferme assurance que moi je n'y perdrai rien…

(Ils avancent vers lui, sortent tous ensemble et le laissent seul sur la scène. Noir. Ils reviennent tous)

UN HOMME

Non ! Personne ne part d'ici. Notre place est ici.

UNE FEMME

Ici au moins nous sommes libres de philosopher, de juger… de nous moquer de votre situation, et surtout de la nôtre…

LE DEUXIÈME HOMME

Ici nous ne risquons pas d'être décapités ou traduits en justice, vu que nous sommes déjà en situation de privation de justice et de droit, en notre qualité de pensionnaire du sanctuaire du non-droit et de la non-justice. Prison, ou centre de rééducation, comme vous l'appelez si pudiquement.

LA DEUXIÈME FEMME

Notre justice à nous, elle est juste et équitable. Nous jugeons et nous nous jugeons. Ici nous sommes libres. Ici nous pouvons revendiquer nos droits et jouir de nos libertés respectives sans pouvoir les recouvrer, mais surtout sans n'être nullement inquiétés.

UN HOMME

Allez donc dire à vos supérieurs que nous sommes des combattants de la liberté, et que la place des combattants de la liberté, c'est en prison.
(Noir)

FIN

Henri-Dominique Lacordaire, moine dominicain et député français de la Constituante, 52e conférence de Notre-Dame de Paris, 1848

www.ingramcontent.com/pod-product-compliance
Lightning Source LLC
Chambersburg PA
CBHW031904170626
46807CB00004B/1885